詩窗 小語

藍晶【著】

獻　給
愛詩的人

2009年秋

亜特蘭大迎詩客

作者藍晶（左）與來訪詩人瘂弦先生及文友唐述后合影。

當詩意襲來

藍晶自序

「哎呀！妳不是寫散文嗎？怎麼會有詩？」一些讀過我兩本散文集的外地文友可能會驚奇，怎麼我竟然出詩集。

雖曾在高中時代，偶爾隨興成詩，不過曇花一現，並未繼續。後來純寫散文時，也未料到有朝一日會再認真塗出詩來。直到1997年5月，有個機緣去遊久彌文友在亞城西郊的山居，當時驚喜於其內外環境之清幽而興起「以詩描繪」的念頭。生疏太久，再擬詩句，額外艱辛，多虧「詩壇奇才」徐昭漢君的一再修正賜教，才慢慢開竅，稍上軌道，然不少古典詩，為忠於靈感，就顧不了平仄音韻了。

從當初第一首〈夢居〉勉強上陣後，接下來數年，在此地《華聲》報上，承蒙也作詩填詞的主編高優鍔君的厚愛，陸續「亮相」了不少「押韻的小東西」：有白話的現代詩，有文言的古典詩。漸漸，不再是我去尋詩，而是詩來尋我。2005年5月，《華聲》停刊，我再轉移陣地到《亞特蘭大新聞》，承許月芳女士廣闢園地，繼續悠遊耕耘。當靈感押韻而來，自然觸紙為詩了。

此集共收了125首，其中最大的一類為「人文篇」，有62首，幾乎居半，大部份是與此地文友聚會酬對之詩，也算是亞城文壇動態的紀實吧？篇中有數首牽出久彌文友的作品，徵得他的同意，一併呈現給讀者，在此致謝！「情懷篇」是自我的感懷；「自然篇」是對自然；「親情篇」不多，只得7篇，卻最觸動我心弦。

　　本集中之「詩」，不過是泛稱，豈能和《唐詩三百首》中之名詩相比？故只稱之為「小語」，而有此書名。

　　最後要感謝秀威資訊公司的林世玲女士，繼我的散文集《春語》後，再次承攬，並轉託蔡曉雯女士策劃此書的印出，其細膩慧心的編排設計，令人由衷感激！願有緣翻讀此書的朋友們，也領受到些微詩趣，就是我這耕耘者莫大的喜悅了。

2010年5月12日於亞特蘭大

目　次

情懷篇

自然篇

親情篇

人 文 篇

中秋雅聚

　　亞城文友們於2006年10月1日北赴Kennesaw黃玉玲女士家雅聚慶中秋。餐後請久彌親畫秋月葡萄，吳長發示範書法，南卡趕來的葉坦教授親繪奔馬。眾人與畫作合影。由左至右：

　　前坐者藍晶、羽嚴；後立者劉民莉、黃玉玲、久彌、雨蓮、吳長發、蕭正、林洛伊、麥可恩、葉坦、席莉雅、蘇醒、陳義華。

中華之戀

數千年的流淌，
從殷商到漢唐……
古鼎之重，絲綢之柔，箸筷之巧，琴箏之妙。
天干地支，陰陽五行。
秉著：
調天之慧，倫理之嚴，書經之勵，農耕之勤。
黃河到長江，渾厚蘊展。
北地的爽朗，南國的旖旎。
塞外狂風沙，江南楊柳韻。
蘇三起解怨魂在？
英台哭靈癡情長……

孔子諄諄，孟子滔滔。
呵！唐詩三百——
太白醉出，杜甫愁出……
宋詞幾多？
東坡瀟瀟豪，易安纖纖巧……

雲籠月，風弄鐵。
山又遮，人去也。
武松虎勇景陽岡，宋江兵打大名城。
遙想公瑾當年，群英會，蔣幹中計。
華容道上孟德慌……
演不完諸葛妙算，雲長廟殿仍香。

紅樓夢斷，紅樓夢長。
寶玉情癡，黛玉情愁。
瀟湘淚，怡紅醉……
大觀園中繁華盡，青埂峰上幻超脫。

海風翻起白浪，浪花濺濕衣裳；
寂寞的沙灘，只有我在凝望……[1]
春天，新綠的草原有牛羊來往；
秋天的叢樹，燦爛輝煌……[2]

豪邁、哀怨、俠義、纏綿、柔順、思念、脫悟……
交織出中華之情。
淵遠流長，廣闊浩瀚。

當　夜涼似水，月華晶瑩。
當　蓮塘偶現，芙蓉淨浮。
當　茉莉茶香，清馥爽心。
當　琴弦偶聞，流出漢聲……
教我如何不想您？

這漢唐故土，我們的母親呵！
江南的煙柳，是您的柔髮；
五岳起伏，是您的胸膛；
長江、黃河，奔騰著您的血液。
何年何日，再投入您的懷抱？
我們厭了流浪。
戀您之情，
如是真摯、深長……

註1. 藝術歌曲《白雲故鄉》韋瀚章詞
註2. 藝術歌曲《故鄉》張帆詞

* 寫於5/18/2002參加「世界華人李白詩歌獎大賽」，刊入《彼岸之歌》詩集。

京奧重溫

千般耀眼萬般豔
繽爛輝煌屬空前
文革煙散再尊孔
華夏精神終延綿

（ 8/30/2008 ）

＊承「亞城書香社」董永良教授惠贈北京奧運DVD，得以細賞重溫，略
　作感言，兼表謝忱。

元宵

華人的情，華人的巧
流入五彩的花燈中閃耀
彷彿是遙遠的夢
小弟的胖手提著胖燈
混入鄰童的嘻笑
在台北的暗夜中晃搖
處處燈影喧鬧
節的輝燦，年的高潮
在元宵夜中燃燒……
歲月流轉，元宵沒入時代的喧囂
空餘節思裊繞
且遊紅樓，與賈母同樂共消遙。

（3/1/1999）

初夏野遊

（北上Dahlonega林中餐聚小記）

難得雨歇豔陽天，覓得浮生半日閒。
攜女隨友赴北郊，路直景幽綠延綿。
彎入濃蔭林深處，洋食雅舍匿其間。
三五賓客室暗幽，穿堂出戶豁然闊。
板拼露台山風送，陽傘朵朵笑語喧。
淙淙流水添詩意，密密樹廕半遮天。
滿眼怡綠聞鳥語，暫滌塵惱賽神仙。
人間歡樂原如夢，景固宜人情最醇。

（6/13/2005）

*謹以此文向「導遊」姚老師致謝！她熟知多處喬州的美麗景點，在繁
忙教琴之餘，還常帶我同遊，兼餐食款待，盛情可感。

勉

賀「全僑民主和平聯盟亞特蘭大支盟」成立

生命也不必長，
假如你充份地放光。
昨夜，翻讀《宏觀》，
讀到可泣的黃花崗。
林覺民、方聲洞……一位位英雄
碧血橫飛，棄私為公，
成就了青天白日滿地紅。
再看到國旗，
能不心痛？

為何，它還未飄出奮鬥後的榮耀？
為何，旗下的你我，仍在分你我？
讓我們海外先來！
溫柔地團結，
真誠地實踐。

中山先生應含笑──
勤奮的華人在凝聚，
為邁向民主自由，
在跋涉，在攀升……

（5/1/2002）

卡城書畫展紀盛
——紐約書畫家王懋軒君來訪，於卡城舉辦藝展

晚春豔日照，驅車赴西郊。
迢迢抵卡城，漫漫翠林繞。
為迎紐約客，賞其畫墨寶。
琳瑯滿堂雅，舒懷勞頓消。

甲骨形簡僕，篆隸端古意。
正楷走俏影，行草躍帥跡。
爍爍牡丹豔，悠悠山水寂。
藹藹懋軒君，滔滔析畫理。

浩浩中華史，洋洋揮洒趣。
線條勾氣勢，墨韻流神思。
淡雅耐細品，沉靜空性靈。
寧靜方致遠，均衡自調天。

詩畫文哲融，中華藝術榮。
洋人亦讚賞，難忘共聚歡。

（3/28/2005）

君詩

如一尾婀娜魚兒
悠然而來
款擺著輕盈裙衫
水靈靈的清逸……
我在努力整理被世俗紛擾的思緒
不意，又捎到一點兒恬適依依……

（6/1/2007）

* 以上源自久彌之詩〈湖畔〉：
　風在努力吹平湖面
　柳樹在努力擺脫風
　我在努力整理對你的思緒
　一尾小魚悠然游來
　又悠然而去
　　　　（4/20/07）

* 〈君詩〉刊出後，久彌回應一首〈敬答藍晶詩友〉：
　在空谷
　伴自己足音

蹦蹦而行
偶然的詠嘆
棲息無聲

突然
你的詩踏歌而來
驚起
山花遍野
蜂蝶翻飛
　　　　　（7/6/2007）

按：久彌先生的精簡飄逸短詩，廣受亞城文友們喜愛。在此借用其句
　　型，並將他那尾小魚「撈過界」。

回顧
賀母校台大八十週年慶感言

不過四年啊！不過四年
為何仍對她如此縈牽？

忘不了剛踏入時的羞怯新鮮
忘不了離別時的不捨流連
最美的青春，都交給了筆直的棕櫚和燦艷的杜鵑
充份的自由，在氣度恢宏的名師間吐納迴旋

我們受尊重，而未遭溺寵
我們受鼓勵，而不狂得叛逆
在傅鐘莊嚴的悠悠鳴響下，我們有崇高的理想
在浩瀚無際的漫漫學海中，我們自在倘佯

沒有惱人的訓誡，沒有嚴苛的律條
藹藹然如浴春風
只要我們敦品勵學，只要我們愛國愛人

放懷任我們海闊天空

她從未硬塞給我們什麼
我們卻受洗得一輩子的台大風
努力精進，恆久不懈
多謝母校！我們永遠以您為榮！

（10/22/2008）

墨賞

——11/29/1997聆久彌書法展微抒

秋殘霪雨夜，塵勞暫停歇
承君傾囊授，燈影墨生輝
羲之至右任，代代有奇人
雄俏形各異，氣節萬古存

（11/30/1997）

　＊當晚其夫人席莉雅用幻燈片配合久彌君的講解。

夏日雅遊

炎炎七月初　山遊消酷暑
摯友姚老師　盛邀共享福
北上九八五　直驅迪樂屋
道地南方味　菜餚真豐富

餐畢已過午　她提去觀瀑
曲折蜿蜒路　幸未罩山霧
新娘紗細薄　乾瀑濕漉漉
過法蘭克林　來到梅姬谷

彎入幽雅路　眼前是白屋
三層古建築　款客包膳宿
群花豔籬下　小橋溪水伏
入門迎華麗　古董耀廳屋
拾級迴旋梯　入室歇軟鋪
推窗陽台外　遠山綿延矗
潺潺溪水聲　一夜幽夢足

破曉悠醒轉　出台晨氣沐

下樓迎主人　熱誠兩夫婦
夫人手藝高　入廚忙碌碌
精緻早餐豐　鋪排巧悅目
對坐且寒喧　敘談親如故

德籍主人翁　退休購別墅
夫人精佈置　雅營室出租
歇息兼早點　待賓親和睦
四年勞碌過　悅客不知數

餐畢姚師彈　獻藝酬夫婦
樂音溢滿屋　舉座皆掌呼
出門隨興逛　巧物店進出
東行赴韋城　遊客多如織
繽紛美衣飾　玲瓏土產物
陣雨捎涼意　驅車覓大湖
茉娜露絲卡　明媚入眼舒
藍波映翠影　山巒柔起伏

沿湖人行路　玫瑰上百株
朵朵如掌大　嬌艷色各殊
細賞觀不盡　留影凝超俗

倦歸溪歌屋　再享膳宿福
翌晨辭山谷　匆匆返塵世
難忘山居情　何日再相晤？

（7/7/2007）

後註：

迪樂屋——Dillard House，在喬州北部靠北卡邊界。

新娘紗——Bridal Veil，瀑布名，在北卡Highlands附近。

乾瀑——Dry Falls，瀑布名，也在北卡Highlands附近。

法蘭克林——Franklin，Highlands西北一小城，在北卡境。

梅姬谷——Maggie Valley，在Smoky Mountains國家公園和 Cherokee印第
　　　　安保留區之東，為群山環繞之谷地。

韋城——Waynesville，在Maggie Valley之東。

茱娜露絲卡——Lake Junaluska，Waynesville美以美教區內之大湖，約
　　　　　　200英畝，湖光山色，景致幽美。

溪歌屋——Brooksong Bed & Breakfast，為我們歇宿處。

夏聚
——「麗莎雅屋」文友小集

中秋散，別多時；豔陽日，相聚遲。

斬俗絆，覓閒舒；擇雅室，齊歡晤。

綺如畫，妍如花；小園繞，好暢聊。

牡丹麗，洋蘭雅，芙蓉豔，久彌溫，江河豪，山茶香。

惜　蛟龍閉，杜鵑遙……

月圓缺，總難全。

人生似露電，

聚散夢雲間。

（9/1/2002）

* 是日雨蓮攜來貴客，即女作家曹又方，她正在亞城居留與名師習氣功。

* 本作協會員不多，余戲仿紅樓夢中之花籤，將唐述后比牡丹，席莉雅
為洋蘭、雨蓮作芙蓉、艾容來自客家猶如山茶花、張典熙熱情開朗像
杜鵑，住得遠，未來；翁恩緒教授筆名為江河，吳長發君常拘不到，
戲稱他為蛟龍，那陣子他在閉關。

如何知道
──回應台灣九二一大震

如何知道　明天會有煩惱？
甜蜜的夢　迎接的是破碎。
為何「晚安」　轉成「再會」？
為何溫馨的家　剎那震毀？
關愛之人　似乎恆在周圍，
為何忽然間　我們得為之哀悼泣悲？
心傷之深，輾轉難寐；
窗外松間，窺見明月。
為何她　圓得悲涼淒切？

（9/29/1999）

* 靈感來的原是英文，以上為從英詩再轉翻成中文。英文版如下：

You Never Know

——A Response to Taiwan Earthquake

You never know
What's going to happen tomorrow?
A sweet dream
Might end up with sorrow.
Why did a "Good night"
Turn into a "Good-bye"?
Why did a nice home
Collapse overnight?
When someone so dear,
Seems always near.
Why suddenly,
Do we have to mourn with tears?
The hurt in my heart is so deep,
That I can not go to sleep.
Outside the dark window,
Above the pine shadow,

I see the pale bright moon.

I wonder,

Why it gets full again, so soon?

(9/27/1999)

嫣然

好久不見她
她竟出落得別樣風華
是了，是那一頭剪對了樣式的短髮
勾托她成了從未亮現過的嬌娃
尋覓屬於自己的最美
要勇於求變啊
（2/15/2009）

學者風範

是飽學後圓滑的表面張力？
如此內斂而豐盈？
他們，
一位位有博士頭銜，
卻如此熱誠和謙。
樂與他們周旋。
學海無邊，
登高望遠，
養就了開闊胸襟？
去包涵是是非非，
再無私地回饋……

（7/18/2000）

*去年夏天，在「中華學人協會」的晚宴上，我感受了動人的高雅氣
　氛。此特為學人雜誌《思源》而寫。

幽居
──賀劉繁信伉儷喬遷

遠離塵喧林木深，
清心悅目湖水澄。
苦盡甘來終適意，
桃源淨土羨眾生。

（5/25/2000）

＊「台灣同鄉會」會長劉繁信伉儷原住我們社區，常相往返；後他們
　在亞城東北郊一小時車程另購別墅，幽居於大片農場中，面臨大
　湖，杳無人跡，種菜自娛。

怎知

——參加「中文教師研習營」聆講師析詩有感

當年落魄楓橋邊
滿懷愁緒賦詩篇
千餘年來萬人誦
竟躍網路供流連

（8/10/2007）

---

*中文教學已邁入多媒體化，由台來此之講員上網研究唐詩〈楓橋夜泊〉。

怡紅快綠

記2/12/2002「北一女校友會」年聚

維我女校，海外名高；
莘莘學子，爭光顯耀。
運智展才，辛勤劬勞；
齊家治業，一肩雙挑。

又逢歲末，思鄉路遙；
攜眷帶子，共度良宵。
穿紅著綠，賽嬌比俏；
豐餐美食，歡聚敘聊。

學姊學妹，溫馨訴往；
娓娓喋喋，夜短情長。
玉英高雅，請來名家；
坤穗幽香，謙露才華。

清明上河，古卷重光；

汴水長流，橋樹依傍。
市井交流，百業雜涵；
吆呼戲耍，躍然紙上。

屋舍船舟，歷歷儼然；
精細入微，舉座皆歎！
寸卷寸心，耗時一載；
鉅作竟成，畫史英才。

滿堂濟濟，同歡共喜；
有緣相聚，額外珍惜。
勉我女界，毋庸自限；
公誠勤毅，永遠第一！

（2/12/2002）

* 「美東南區北一女校友會」會長林玉英竭盡其能地聚集60多位校友，
  加上眷屬已上百，盛況空前。因正值春節，亮出的服飾，不是過節的
  大紅，就是本校的特色——豔綠，而有此名。當晚貴賓藝術家黃坤穗
  女士特展出其細膩臨摹的〈清明上河圖〉，本詩因此採長卷式鋪展。

惜
——林清玄「事件」有感

句句清淨心，篇篇超脫語
何期花上癡，竟玷菩提玉
修行原艱難，持戒更不易
同為塵世人，警惕猶欷噓

（7/1/1997）

想妳，在秋聲捲起的夜

昨夜，寒窗外
秋聲翻騰著落葉
蕭瑟鳴咽

想起妳，那天詹府的中秋雅聚
在茂密的園林中
在暢怡的秋風裡
我們共餐木拼陽台上
玫瑰湯圓飄著香
聽妳，美人啊！在道盡滄桑……
多麼欣喜！妳已漠視了自己
不做財富的累積
消納冤恨，溫餽他人
使妳自己，更流露出美麗

猙獰的人世啊！我們都難免割傷
只是當你我心中都有燭光

去印證愛的光芒
我們不白來一場。

（11/21/2008）

* 此寫文友雨蓮。為了參加此地「國際詩歌朗誦會」，曾將其詩作〈尋
  你，在秋聲捲起的夜〉翻成英文。此仿其詩名。

愛，不是有求必應

多少勤奮卻癡心的父母，墮入溺愛的陷阱？
多少無知而受寵的子女，耽溺迷茫不醒？
當是非善惡混淆不清，
舒適豐裕無有匱乏，可是妥當的環境？
癡心的父母啊！是否得捫心自問？
如何設法，去扭轉局面？

假如家中有個「青少年訓練營」？
那兒，沒有電視可戀，沒有電玩可迷，沒有手機可聊天。
那兒，得個個早睡早起，精神飽滿，迎接晨曦。
那兒，得互助協力，愛人愛己，不自私自利。
那兒，得切磋上進，不糟蹋寶貴光陰，
不隨波逐流，虛浮放逸。
肯定自己，充實自己，設定目標，向前努力。

但願家家子女，都潔身自愛，奮發有為，
發揮良能，貢獻社會！

（3/18/2005）

感謝一位好心的陌生人

那天清晨
當我鈍感地開著微抖的舊車
來到農夫市場
是他
跟在後面
停住我
是他
指給我看
已損壞變形的後車胎

一時
我恍然大悟
怪不得數月來
這舊車一直開起來微震
像是老人在冬寒的顫抖……
為何平時沒看出？
衷心感謝這位善心老美

從不相識的陌生人
助我逃了一劫。

（2/5/2006）

文人

善良得可笑，
天真得可驚，
坦誠得可愛。

窮而不覺得窮，
雅而最癡迷雅。
將月亮當月娘，不是月球。
把心田當心靈，不是心臟。

欣賞勝於飽啖⋯⋯
他說：我不吃蛋黃素月。
我說：它好看啊！像夜空中一輪昏黃的月⋯⋯
他說：綠茶月餅好吃。
我說：這綠盒子好看呢！綠得生動，像青苔⋯⋯

永遠頂著一個夢，罩著一層紗。

外人看不透我們，
我們也看不清外人。

（9/16/1999）

文癡

一次次電打妳的文稿
常忘了當義工的辛勞
只因妳那滿紙的美
滿紙的柔
任我在妳的心靈世界中遨遊
恣意吸收

生命原短促
佳文卻
千古不朽
在人們的賞讀中
一次次復活

寫作
從難以成為堂皇的職業
它卻
背負著美麗而神聖的使命

萬古留芳
　　　　（3/3/2006）

＊此寫為文友雨蓮電打文稿

書香微感
——謝王之教授電傳《源氏物語》

驚豔

東瀛紫女奇思構

古典名書媲紅樓

鶯燕綺羅無限美

風流情韻恨悠悠

情空

幻海情天慾深濁

癡男怨女何其多

誰人能似林和靖

鶴子梅妻雅超脫

(8/1/2009)

* 以上不否認源書之細膩優美，僅就貫穿全書之男女情欲而生浩歎。此情之美應止於斂雅，若為所欲為，滲透了道德的規範，如亂倫等，就由樂墮苦了。因王之教授在「書香社」中介紹《源氏物語》有感。

梵谷的星空

哪裡是一顆顆呢？
竟是一團團晶亮的星暈
密遮著寶藍的夜空
在舞旋出銀河的漩渦
上邊，哪只是一枚月兒？
竟是旋動的大光團
托著一弦明黃
如此星月共輝地
泅湧出充滿動感的燦爛之夜

（8/29/2009）

* 他紅髮、瘦削、雀斑、孤異獨行，卻滿腔熱血奔騰。除了親愛的弟
　弟，周遭虧欠他太多瞭解與關愛，無數的顛沛受挫。成畫上千，受賞
　愛者寥寥。最後數年，在貧病交迫的掙扎中，其撼人的藝術心靈，竟
　迸發出諸多生動傑作：群樹和麥田都在其彩筆下舞動，連向日葵，也
　飛舞如太陽，絕豔無匹！

欣逢
承久彌夫婦在4/29蒞臨「書香社」聽講

別來無恙晤詩翁
飄洒依舊兩袖風
攜妻雙臨為捧場
如雲來去杳無蹤

（5/2/2008）

＊此地「亞城書香社」於4/29/2008輪到我主講，承久彌伉儷遠從卡城趕來聽講，至誠可感。上詩刊出後，久彌先生回一首〈敬答 藍晶 欣逢〉如下：

不才豈可號詩翁
落拓真成兩袖風
至友藍晶談妙諦
無蹤有意樂相逢

歎

——10/23/1999聆無名氏亞城演講有感

文的顫抖，花的恐怖
莫札特受批判，聖誕紅也遭殃
資產被清算，藝文受摧殘

風聲鶴唳，草木皆兵
靜則惹疑，動則得咎
文人的靈魂被掏空
文人的體力被役使

只要勞動，不要思想
只要鋼鐵，不要文章
不能花俏，不能溫柔
不能藝術，不能信仰
鐮刀剷除了一切美麗的夢想
是紅色的解放，還是紅色的災殃？
註定了多災多難？

哪來的怪誕政權
如此鄙夷人性的尊嚴
大躍進，卻躍入了人間地獄
文化大革命，也革走了最寶貴的資產。

在這空前的浩劫中，有一縷真摯不屈的文思，在受盡追
查、襲擊、凌虐、禁錮下，竟迂迴、分割、明斷、暗續
地躲過無數災厄，終於在海外匯成一部中國近代文學史
上的偉大鉅著。

無名氏先生如是艱辛奮鬥，其不屈不撓的文學精神，與
其著作同樣值得我們無比的讚歎與喝采！

（10/26/1999）

歲末小語

紅紅綠綠誠然美麗
它卻來得太急
在你毫無準備下進逼
還沒吃火雞
它已閃出佳節的活力
真怕被迫去想，如何送禮？
只想休息，養足力氣
再悠悠寄卡，給好友親戚
道出內心感激。

（11/18/1996）

湯圓‧善緣
1/18/2003慈濟「歲末祝福」偶拾

帶著薑味的湯圓，甜得收斂
是那份愛心，調理得如是成功？
自謙恭的志工手中　溫柔遞送
歲月匆匆，去年的元寶　記憶仍濃
又逢歲末　祝福送終
在日趨艱難的時局中
聚會歡晤，回首憶往，激勵再前衝
慈音溫灑，手語柔動
上人大願　在多難中　堅如金剛
其無私大愛　似熠熠麗日　遍照寰宇虛空
讓你我在坎坷中團結
有願有力
共締甜甜善緣！

（1/19/2003）

獻
──因張典熙得獎而作

好一對寶貝夫妻
一起與我們說文話藝
沒有造作，沒有心機
是來自田野，純樸的氣息
天真率直的嘲諷嬉笑
點綴我們這風雅園地
畫筆與文筆，投契不離
鴛鴦若此，能不珍惜？
謹以此文，獻給漢勇和典熙

（11/20/1998）

登月

登陸月球四十載
當年好漢今猶在
雄姿英發霜滿面
月華依舊破雲來

（7/21/2009）

白桃花

慈濟師姊雅送花，
皚皚吐豔滿枝椏。
插瓶貼鏡亮粧台，
梅韻仙姿賽雪花。

（6/16/05）

---

* 在慈濟人文學校執教期間，某日放學時，承文友艾容師姊贈送一大滿
 枝她自栽的白桃花。

相見歡
——記「北一女校友會」艇上慶生

十五共學今五十，韶光飛逝快如馳
昔日同窗艇上逢，驚喜交集感慨同
名校學子志凌霄，人生之旅路多撓
家庭事業兩奔忙，相夫教子一肩挑
鴛鴦合鳴實不易，琴瑟失調芳心熬
公誠勤毅校訓昭，柴米油鹽已折腰
※　※　※
暫別夫婿子女繞，還我青春樂逍遙
美飲佳食任君取，鮮花音樂添奢豪
化妝保健又練舞，感性座談暢心聊
禮服脂粉相較豔，蛋糕慶生留影嬌
綠衣黑裙摯情濃，喋喋絮絮話河滔
三日共聚猶嫌短，記憶長存此情交

（8/26/1998）

* 1966北一女畢業校友於8//7-10/1998在洛杉磯共搭遊艇前往墨西哥，於
  艇上舉辦五十慶生。

秋聚
——試聯久彌兄詩句

談文論藝樂融融，
文友齊集藝術宮；
亂世珍賞玲瓏月，
笑語未罄秋已濃。
※　※　※
談文論藝樂融融，
茶醇餅香菜席豐；
柳湖泉石添意趣，
相邀明月訴無窮。
※　※　※
談文論藝樂融融，
忙碌穿梭且從容；
撥雲開霧尋秋月，
素心悠悠淡如風。

（10/9/2001）

* 此為紐約九一一驚爆後，此地文友們在雨蓮豪宅的中秋雅聚。久彌提
　議以「談文論藝樂融融」為首句倡聯詩。

秋月

今年的中秋，淅淅瀝瀝。
看不到夜空如洗，
賞不到明月旖旎。
反正沒有心緒，
恁窗外淒風苦雨……

年來景氣低迷，
星條旗仍在啜泣。
日日奔疲，心已痲痺。
問天無語，何日是生機？

當文友來電，提詩歌雅集，
如久旱甘霖，心湖中盪起美麗的漣漪。
我看到了一輪皎潔的明月，
在心中冉冉升起……

（寫於2002年中秋）

秋豔藝文情
——記11/6/2005藝文秋聚

亞城秋遲景初豔，作協美協齊舒閒。
雨蓮會長妙構想，花藝畫展兼座談。
天立學苑露絕招，酥脆腴香品味高。
文人雅客川流入，美食暢懷畫悅目。

詩壇祭酒夏紹堯，赤誠依舊贈精雕。
美協會長王泰安，抑揚頓挫誦詩章。
慈濟師姊柔助興，溫婉手語牽手情。
久彌文兄雅坐鎮，剖析婚姻大學問。
男女從來不平等，幸福之門在平衡。

人兔橋鑰恁君排，心理測試性向猜。
蘇醒夫人迫上陣，夫妻諧處在感恩。
幾家歡樂幾家愁，美滿端賴相調和。
藝文同聚且珍惜，後會有期情依依。

（11/8/2005）

端午隨吟

端陽時節雨紛紛，二千餘年屈原魂。
綿延未斷粽香遠，古今中外華人心。

（6/11/2005）

節
——試填《聲聲慢》

紅紅綠綠，晶晶閃閃，商品繽紛琳瑯。
歲末耶誕時節，最是繁忙。
處處車停滿滿，購物人潮熙攘。
冬日寒，人心暖，殷勤寄卡問安。
入夜燈飾明滅，
節正濃，全球鬧熱騰歡。
錦上添花，何妨雪中送炭？
感謝年年平安，闔家同享盛餐。
祝讀者，身心如意佳節歡。

（12/16/1998）

美景佳音
——觀賞歌唱家宋揚和小明星們「春之聲」音樂會

繽紛旗袍舞，旖旎桃花情
朦朧家鄉月，縈縈念母心
喜聆金嗓耀，震傾萬般情
善結洋邦緣，慈揚稚子音

（6/9/1997）

羨
——試填〈聲聲慢〉

精精簡簡，淡淡悠悠，輕輕巧巧流芳
塵勞時日讀來，最為清涼
尋常景物風華，臨君手，別樣生光
山有意，水有情，偏是慧心獨運
滿院蔥翠飄紅
伴詩窗，相對吟詠從容
朝暮煙嵐，夕陽晚風吹涼
夜深更添蟲唧
仙夢中，細碎奏鳴
這山居，怎一個「怡」字了得？

（5/23/2008）

* 此寫久彌文友之詩及其在卡城之山居。刊出後他回一首「〈羨〉讀後」：

藍晶詩意美，讀之兩難生
文字誇精簡，山居稱怡情
文字不敢認，山居只一人
對號來入座，難免自貼金
木然無反應，又恐負知音
藍晶吾所敬，處變能不驚
外柔內實剛，多才不自矜
塵務雖攪擾，道心永澄明
寫作無稍懈，落筆多芳馨
此間若有羨，當由吾羨卿
諸君莫訕笑，憐吾自慚心

聯謝
——致「淨宗學會」

念念彌陀一心清淨達三昧
聲聲觀音萬事平安現吉祥

(2/28/2008)

* 感心貴佛友王祥雲、林國憲、王源松及蘇珊珊寒夜攜水果、名茶、
佛書等來訪。

聽經

為見祥雲，為聆法音，
挪斬牽絆，奔來道場。
清爽素齋，怡悅共食。
席中喁喁：「法師才三十幾——」
如許年輕，已能講經？真難以——

卻見他，莊嚴地蒞臨——
散發的禪光，亮過金燦的袈裟。
低頭，長長的履歷，在手上流轉。
縱然，哲學系、碩士、博士……一大串，
好像還不足以修成
今日這般。
是前世，千百世前，早已練就
這份慧悟精勤？

窗外秋陽，在二十世紀的歲殘，
斜斜暖照，金黃的講壇。

這年輕比丘，正法語諄諄，
圓熟地開示
我們這群癡長的眾生。

彷彿如天上的「彌勒內院」？
教與學，交織成
紅塵中難得的動人氣氛。
世尊十方有知，
會放多少吉祥雲？

（12/17/1999）

＊赴「淨宗學會」道場王祥雲佛友家聆智懿法師在亞城初次弘法。

聽林進成居士
——「幸福人生」講後簡記

僕僕慈濟人，受邀道心聲。
少年學未竟，浪跡繁華城。
拮据求財切，誤入黑魔坑。

輸贏百萬計，起伏心不驚。
進出有驕車，來往皆豪奢。
輪轉難拔脫，妻冷子不迎。

巧來善因緣，糊塗夢中醒。
棄別諸惡行，本性原清淨。
靡樂皆斂影，貪癡化清明。

心柔千緣順，家和百事興。
善解兼包容，懷闊似天空。
感恩且知足，常浴喜樂中。

多謝證嚴師，諄諄教誨情。
行善以回報，惜緣慶重生。

（ 1/23/2001 ）

＊ 此為「亞城慈濟聯絡處」舉辦之講座。林居士專程由台來美，口述過
  往滄桑，浪子回頭之現身說法，令人感動。

花情

芳鄰文華巧贈花
晨起拾報驚見它
且置案上松窗下
白淨馨香賽仙家

（7/1/1999）

＊忙碌編輯會刊期間，常有梔子花香為伴，滌去不少塵勞，謹此向翁夫
人陳文華女士致謝！

蓮詩二首

淨念

一聲佛號一朵蓮
念得荷花滿心田
暴雨疾風雖難免
妙法常存心田間
（2/21/2009）

答久彌

晶晶麗日照荷田
照得蓮心泛紅顏
弄墨舞文乏人問
驚聞騷客訴音緣
（3/15/2009）

*拙作《聽聽夜籟》承久彌君讀後賦詩如下，而作上詩：

我聽到了
——寫在藍晶《聽聽夜籟》讀後

藍藍晶晶的星空下
你聽到了嗎？
我聽到了

我聽到了
清歡汩汩的流
親歡融融的泄
我聽到了清歡與親歡的水乳低吟

藍藍晶晶的星空下
你聽到了嗎？
我聽到了

我聽到了
天籟激發的人籟
人籟詠嘆的天籟
我聽到了天籟人籟的混聲大合唱

藍藍晶晶的星空下
你聽到了嗎？
我聽到了

我聽到了
那溫柔敏慧的心籟
在滾滾紅塵裡流一溪清淺
的盈盈細述

註：「親歡」藍晶自創之辭，意指親友情之歡。
《聽聽夜籟》喬州作協作家藍晶新書，世界華文作家出版社2008年
出版。

藹然

——唔瘂弦先生

好像沒有時差的困擾
看不出飛行、轉機的疲勞
他，碩朗朗地翩翩蒞臨
這南方沸騰騰的喧囂

上百人屏息
為賭風采，為聆詩語
他，熬煉了五十載，在此釋放珠璣
原來詩呵！不是文人的專利
販夫走卒，出口成韻不稀奇
感謝祖宗的珍貴賜與
漢字華語，讓炎黃子孫瀰漫詩意
在場，人人信心提起，爭相請益……

桌上的豆花冷了，桌上的點心硬了
而他，毫不介意　癡心讀者的交相侵襲

專致的簽書，溫笑的合影，懇切的解答
安詳坦蕩……

是誰？摔熄了未散的會場
而他，毫不介意
自在遊賞四壁的書畫作品
踱到門外，溫切地與文友們臨別合影
是黃昏了，他已為亞城點起無數盞詩燈

歲月在他髮上鋪霜
但他沒有老
他是醇

* 瘂弦先生感動我的，不僅僅是他的詩、他的音聲、他的端貌英姿，而
  是那一股無我的謙遜溫藹，使人在秋涼中如沐春風。（11/2/2009）

蘭花與野薑花

仙姿孤立傲群芳
絕塵麗質吐幽香
最是山中林密處
芬郁襲人是野薑

＊週六的「小自在書法展」除數位熱心賢達贈送大型繽紛花圈與花藝
外，還承此地名醫石羽飛夫人攜來珍貴高雅的蘭花，摯友林鳳英女士
也帶來自栽的芬香野薑花，盛情可感，在此一併致謝！（10/21/2007）

記九八年藝文秋聚

又逢秋涼藝文會，齊集郊區夏府居
滿堂風雅納名畫，一窗幽靜藏詩集
龍飛鳳舞爭留影，雅謔笑談勝菜香
紹老諄諄言聲韻，昭漢琅琅唱詩章
十八相送黃梅繞，卡拉OK問白雲
談藝聊文有時盡，此緣綿綿無絕期

（10/18/1998）

* 亞城藝文社於10/17/1998在夏伯伯府邸歡聚。共餐、合影、談詩、唱
  歌……是一次難忘的秋聚。

試聯久彌兄大雪詩

封山大雪又一年，塵障仍深百事牽。
未得空閒細細賞，南國晶瑩瞬如煙。

※　※　※

封山大雪又一年，聚散無常人事遷。
天漢樓王何處去？尋梅踏雪賽神仙？

※　※　※

封山大雪又一年，茫茫淨潔視野鮮。
異國漫漫飄零久，大禹嶺上笑語喧？

（2/25/2002）

*「天漢樓王」指徐昭漢君，他於2001年初倡聯大雪詩，亞城四、五位詩
友皆響應。事過一年已人事變遷，他回中國去了。久彌君乃提聯雪詩。

試賞《弦外之音》

帶著病態沙啞的筆名
據云
他最迷人的卻是
那溫潤磁性的鼻音
何其謙遜呵！

自亂離的大時代中顛沛輾轉
飽滿的感情
在五十年代燦爛奔放
鬆除傳統的格律纏裹
華人的詩啊！可以如是無縛無拘
透靈靈地捕捉
心中那澎湃多采的意念
讓感情的浪潮
在紙上洶湧起伏
拍打著讀者的心靈
如是絢麗而不失赤誠

動盪而不失淒美

他印證了
心念
可以詩化得如此曼妙無窮

（10/5/2009）

＊詩原是高度主觀，某些很難讓人透徹瞭解作者的創思，何況是瘂弦的
　現代詩，綴著諸多凡人不甚熟悉的典故，孤陋如我，哪能深闖其詩？
　不過隔霧觀花罷了。勉強稍懂的是〈我的靈魂〉和〈紅玉米〉，很喜
　歡那句「宣統那年的風吹著」，只這一句，就可讓人泫然欲泣，把歷
　史的鄉愁都引出來了。我對這位名詩人仍有太多空白，而他即將蒞臨
　亞城，且拭目以待，再來填白吧！

諧

如此親切的一張東方面孔
而我
無法用國語和他溝通
服貼的黑髮下
發亮的黑眼瞳在訴說
他的祖先來自廣東

牆上龍飛鳳舞
一幅柳宗元的江雪漁翁
他說
是叔父在香港所送
而他
看不懂

那滿頭褐色捲髮的洋夫人呵
在旁笑望著他
透著尊重

都來自印第安那
他們同師習藝，同校切磋
琴瑟和鳴締鴛盟

那年，其恩師病危
他們摒除萬務
長途奔馳，來去匆匆
為了不捨，為了送終
歸來訴說
眼眶發紅……

近年，她不慎嚴重傷指
一時，弓絃俱歇，她哀痛心碎
淡不去
愛樂情濃……
他盡職盡忠
扛起一切家務
兼當司機接送
撫慰她的苦痛……

花殘葉紅

時間癒合創傷
纖巧玉手又能展弄
拉出柔美弓韻無窮……

他再現童歡
歡慶她的音樂回歸
冰雹夜，請我們觀賞交響樂。
已近午夜，還驅車去尋覓
城中那家義大利老店
各式美味冰淇淋呈現眼前
他手捧一大盅，滿載紅草莓和紅玫瑰
今晚，他要冰醉、冰醉……

上週的家中音樂會
這對伉儷的菁英桃李，輪流發揮
影帶放出名家的演奏
他在家長群中，談笑穿梭
夫人的義大利菜做得一流
「下回讓他來道中國菜？」一位精巧的家長逗趣
「他會做絕佳的脆皮烤鴨！」洋夫人笑答，帶著愛憐的
期許

當最後一位學生下台鞠躬

一個罕有的驚喜，掀起騷動

他們意猶未盡，要來個駕鴦合奏

但見他，提著琴，舞著弓

在江雪漁翁下

忽前忽後

熟練生動地與夫人湊合

他的黑髮，他的臉龐

在那飛舞的狂草墨跡前

多麼匹配！

在這初冬的異國寒夜

在這包納各色族裔的音樂晚會

好一幅孔夫子的「世界大同」在鬧熱騰沸……

他與她

溫馨和諧得

令人感動……

（11/30/2003）

謝

感念王之教授溢獎拙書

數十年迄今　一心密耕耘
寂寂出夜籟　欣怡逢知音
尋常家女子　蒙君厚讚吟
焉敢比老舍　尚祈開迷津

（12/18/2008）

＊此地書香社的王之教授在《亞特蘭大新聞》上發表了一篇約1,550字的
　〈藍晶出版了《聽聽夜籟》〉，承他盛讚，實不敢當。

賀

繽紛桃花繽紛舞，輕柔樂音輕柔流；
旖旎詩句稚口誦，漁舟逐水覓芳洲。

梳髻群娃姿婀娜，淡青嫩粉步玲瓏；
可喜頑童成漁夫，含笑划槳桃溪中。

歲暮冬寒喜逢春，捎來思古桃源情；
多少苦練多少心，贏得今年總冠軍！

（12/16/2003）

* 慈濟人文學校亞城分校在去年的「美東南區詩詞演誦比賽」中，隆重
 推出雄壯的《將進酒》，雖未奪魁，然已傾倒全場，令人刮目（得團
 體精神獎冠軍）。今年呈獻溫柔清雅的《桃源行》，反而柔柔地奪標
 了。在此對付出無比辛勤和智慧的總策劃人，即名舞蹈家歐陽嘉慧老
 師表達衷心的讚歎！

輕唱

去年興起譯君詩，
佛州逐浪賞落日。
華夏漢聲忽杳然，
未知君詩匿何處？
※　※　※
回塵過往十年中，
月月耕耘興味濃。
有始有終原如夢，
外緣雖了詩無窮。

* 6/2/2006為《華聲》休刊致主編高優鍔君信中詩

那些哲學系的男生

常背著建中書包
往圖書館跑
他們都個兒不高
卻看來滿腹學飽
深沉寡言
偶而對妳微笑
在文學院的鶯來燕往中
好像挺不搭調……

驪歌遠去
人海滄桑
而他
依然穩坐心靈殿堂
睿智放光

原來冷門
是如此精慧

早早解析
人生的去向
　　　　（9/21/2008）

＊寫一位在加州閉關勤修、著書立說、行善助人的學長。

野遊

謝　念慈女士邀遊石頭山

覓得浮生半日閒，隨友踏青山林間。
晚春花殘人跡少，幽徑迤邐綠綿延。
木橋流水增意趣，遮天濃蔭遠塵喧。
湖光山色放眼闊，香風鳥語入心甜。
最是科技襲人日，寄情山水近神仙。

（5/4/2006）

闺遊

偶而，何妨拋頭露面，
吸吸戶外空氣的新鮮。
約出幾位閨中好友，
同赴優雅怡人的午宴。

那家，就在河邊。
明淨透亮，滿窗水光。
女人的心在滋潤流轉。
輕碎細語紛落，
精雅美食淡嚐。

感謝舒來一段閒暇，
撫平塵勞積壓。
受不了寒冬，
我們要嫁給春天，
繁花似錦，
綠草無邊……

（5/10/2000）

Dining By the River

Once for a while,
Why not dress up and go out,
To sniff some fresh air out there.
Invite some close friends,
To have an elegant meal somewhere.
That charming one is just by the river.
So quiet and so neat, the glitter of water
Fills the window with glamour.
It moistures our hearts in such a tender way.
Gentle chats accompany with the delicious dishes always.
What a nice pleasure
To have such a leisure!
It irons out our wrinkles from the tough life.
It heals our hurts from the rough world.
We can not tolerate the winter any more.
Rather marry to spring,
To enjoy pretty flowers blooming

And lush grass paving.

By Lucy B. Wang

2/17/2000

雙十國慶有感

海外輾轉數十載，年年光輝十月來。
回想往日在台北，旗正飄飄秋陽媚。
蔣公仉儷采姿煥，殷殷訓勵萬民歡。
為承遺教行大道，固守孤島萬千難。
軍民同心勤耕耘，孜孜革新終富強。
可嘆兩岸一峽隔，尚未合創新中國。
同宗孔孟同源頭，何堪為私動干戈？

※　※　※

為摧帝腐揚民權，多少烈士葬黃泉？
廣州之役鬼神泣，武昌之舉民國立。
大道難行多坎坷，內憂外患何其多。
但願華人都團結，不分你我同愛國。
漢唐雄風縱消杳，華夏精神應長存。
三民主義待恢宏，青天白日滿地紅。
中山先生英魂在，佑我中華恆昌隆。

（10/10/1998 於亞特蘭大）

雪中雅詠

大雪封山氣象新
皚皚皓皓映窗明
塵障陷深方悟性
天寒至極始晶瑩

（1/12/2001）

* 亞城在12/18/2000夜大雪，翌晨詩書畫高手徐昭漢君興起，以「大雪封山事可欣」為首句提聯詩，經淡然女士改為「大雪封山氣象新」，先後附和風雅者有《華聲》編輯高優鍔君、其母淡然女士、幽居卡城山中的久彌君和住過費城的黎而復君等。
拙詩經昭漢君以平仄音韻之律修改為：「大雪封山氣象新，庭前皚皚映窗明，障塵深陷方知悟，至極寒天始晶瑩。」然久彌君較喜原詩，尤其後二句。

頌
——北一女校友會上見康薇有感

千手觀音千縷情
芙蓉其面玉其心
總攬萬務未嗔累
一枝薔薇滿城香

（11/22/1998）

* 康薇博士為此地「北一女校友會」第一任會長。她白皙纖細，卻頗有
  領導才華，慧思巧運，亮鋒芒而不失溫婉，多年來為亞城僑社人人愛
  戴的要角。

黯然

常愛接到妳的電話
妳總捎來聚會的訊息
以為理所當然，妳永遠在那裡
召集我們的春秋會聚
熱絡的招呼，熟悉的笑語
這園地好像少不了妳，是我們魂之所繫

今天，這通電話，妳竟提到將遷美西
霎時，離情依依
我癡傻地驚奇
原來人生如戲！
哪有不散的筵席？
來年的鵑紅會聚
何堪忍受
見不到妳倩影的談文說藝？

（1/4/1999）

*以上因接到文友唐述后的電話而寫，當初甚覺不捨，幸後來她遷居
　未成，仍留在亞城與我們續享雅聚之樂。空「黯然」一場，算留下
　一段插曲。

人

我欣賞：
溫柔的男人
堅強的女人
懂事的小孩
奮發的青年
節制的中年人
健康的老人
和所有充滿愛心與創意的人

（12/4/2009）

情　懷　篇

偶成

入塵日月遠
開懷天地寬
由來煙雲夢
幾回相聚歡？

（1/8/1999）

* 塵世紛杳，人心孤離，偶有親朋相聚，再美不過。

冬絕

封心大雪近三年，勞瘁奔忙未得閒；
且盼花開春暖日，邀朋聚友吟杜鵑。
※　※　※
春暖花開固可喜，冬寒雪凍亦風光；
作協文友莫憐我，徹骨勞瘁心梅香。

（1/10/2004　晨）

* 景氣消頹，社團活動式微。余忝為作協會長，卻捲入塵忙而無聲無
　息，心中甚歉！與往昔談文論藝之悠閒時光相比，不勝欷噓。然文情
　恆存，文思長流，願我文友持續提筆，聯詩吟對。雖未能時時聚首，
　亦文樂無窮也。

別了！八月

八月三十一
這二〇〇八年的八月底
仍逃不過歲月的催逼
隨時就要遁離
它似在訕笑我的離情依依：
「我怎能賴著，妳不是要賞秋月？」

（8/31/2008）

夏夜思

推窗枕夜涼　擁詩入夢鄉
順逆雲煙過　晴雨莫思量
※　※　※
蟲唧漫無邊　勞累成酣眠
文章千古事　困頓一瞬間

（7/26/2003）

失落與欣慰

終於　報紙也隨著麵包
在嚴重縮水
這些日趨輕薄的東西
倒愈來愈貴
多少叱吒風雲
在一家家尷尬崩潰

人類的文明在倒退回歸？
退、退、退
要退回原點的空微？

我們享受過漲潮的喜悅
何妨也承受下退的消頹？

仰望藍天　雲朵仍悠然
花嬌樹翠　仍在眼前依偎
都是天賜的溫暖安慰。

（4/30/2009）

寒夜譯詩

雪褪殘年夜，斟酌推敲忙。
晶月寒窗下，頻聞鈴叮噹。

（1/9/2002）

＊那陣子在努力試譯唐詩。

專注

是一份情，深深地投入
是一種誠，默默地耕耘
是一絲美，細細地領受
是專注，成就了大小成果
是專注，美化了人生
是專注，人生沒有虛度
啜茶啖飯，因專心，而有味
觀花賞月，因專情，而有韻
做事理家，因專凝，而有成
世事繁多，時時只專一事
世人眾雜，淡淡只交數友
晨聆鳥語，夜攬蟲唧
無聚宴騰喧，已無限歡喜

（10/16/1993）

小語

最是風光得意時，坎坷落魄已埋伏。
何妨守斂常儉樸，人生後路方平舒。

（ 10/20/2006 ）

春傷

景氣消頹薪俸危，
拙婦學做無米炊。
轉眼春盡愁未了，
黯然又見紅薔薇。
※　※　※
盛衰消長皆天定，
氣定神閒且太平。
逆來順受輕千慮，
雨過天晴境自明。

（5/16/2001）

春怯

淡淡的三月天
最怕見杜鵑
紅紅紫紫地
又冒出來鬧喧

這黯淡消頹的世界啊
已不配她們的純真展現
她們太仙麗、浪漫……

而我們的心啊
磨過烈夏　熬過嚴冬
碾過荊棘　穿過黑洞
已傷痕重重
能歇息舒緩　已是恩寵
怎堪理　窗外的
嬌紫媚紅

隨她們鬧吧
春正濃
　　（3/16/2003）

晨報

在破曉前的暗黑中
你蒼白的薄軀
或坦在汽車道上
或棲在松樹林旁
讓早起人兒迫不及待地拾起

瘦得堪憐啊！
你愈來愈身輕如燕
怎堪去承載
那愈來愈沉重的經濟訊息？

都抖落吧！
那些惱人的消頹、競選、喧譁、恐慌
何妨輕如鴻毛
隨風而去？

（10/24/2008）

柔

是一首旖旎的小曲
舒暢地滑過心湖
是一段清麗的小詩
喜悅地逗弄心田
是一幅美好的小畫
歡愉地綴亮心野
是頷首，是微笑，是細語
是贊許，是諒解，是隨順
像一股暖流
化冰為水，銷理為情
似一份縱容
任你鬆弛，任你適意
它巧妙地調和紛雜爭逆。
男性的溫柔，女人會感激；
女人的溫柔，男士會歡喜。
有柔情的人生，豈不更美麗？

（2/16/1994）

情懷篇 119

浮世小語

心欲有常卻無常，
但求無事偏有事。
有無皆淡且隨喜，
難能平順是娑婆。
※　※　※
歲頭接歲尾，
何曾有分別？
年河綿密流，
匆匆即悠悠。

（11/29/2001）

消夏

濃樹綠蔭罩幽窗
宋詞唐詩遣時光
深居簡出甘淡泊
晨步暮遊樂自然

（8/2/1997）

無題

花嬌花殘彈指間，
天長地久自悠閒。
一路行來皆是夢，
回首過往已成煙。
※　※　※
人來人往喧囂攘，
事起事落交織忙。
萬般塵雜皆如幻，
心中常餘淨荷香。

（6/13/2000）

生活小拾

偶歇

柴米油鹽何時了？琴棋書畫相思遙
近覓浮生半日閒，趕赴中城隨興挑
花俏摺扇配旗袍，志摩詩集中文報
晚餐停灶吃水餃，暢享摩詩細推敲

（7/14/1998）

驚逝

一日不過一瞬，轉眼又是一週
匆匆溜去一月，飄忽遁走一年
十年恍如一夢，夢醒青春已逝
萬事空茫何所執？唯願蓮心如水勤修持。

（7/28/1998）

詩心

它是透明的
當靈感的陽光輕觸
登時
閃現　晶亮五彩

（9/7/2008）

都市隨筆

悵

放眼綠蔭連綿，
忽地破出一片天，
黃土湧現，機器在啃噬鬧喧。
迅即聳出壯宇連綿，好一場林杳樓侵。
可曾聽到綠的傷泣、呻吟？

（8/30/1998）

窒

黃昏車潮擁，處處滯難行。
人人歸心急，奈何遲遲移。
平素忙家務，罕出遇塞堵。
可憐上班族，日日困歸途。

（9/6/1998）

擾

噪音和污染，
人類的機器文明
在嚴重地破壞大自然。
處處物質氾濫，
是否得轉變進步的方向？
回憶幼時農田遍野，
曾幾何時車陣不歇。
昨夜，外出漫步瞧秋月，
惜　凌空機聲，絡繹不絕。
蟲鳴淒切，銀月斜。

（9/29/1998）

雨悟

塵世多磨難
穿梭奔波忙
狂風驟雨夜
花落滿庭香

（8/24/2006）

願

願日子不被時鐘追趕
願今人忙碌的步伐放慢
願開銷不再擴張，謀生不再艱難
願汽油學費不太高昂，人人略有存款
願人類醒悟回歸自然，無有病痛糾纏
願人人內心都有信仰，心懷良善
願人人互相尊重，知道禮讓
願子女回家，有人噓寒問暖
願老人在家，有人奉養承歡
願家家少有爭執，和祥康安
願明日陽光，依然燦爛！

（11/16/1996）

自　然　篇

亞城之春
——試填〈聲聲慢〉

紅紅粉粉，松松綠綠，冷冷暖暖交替，
霜盡花開時節，最是旖旎。
處處杜鵑泣血，獨未見桃花墮淚。
晨風寒，南日暖，頻頻更衣換裳。
雪白茱萸開遍，春正香，奈何黃粉飛揚。
淡紫嫩黃，也來湊興綴妝。
花繁更兼鳥語，春風起，生動搖曳。
這時節，怎一個「美」字了得？

（4/2/1997）

仲夏偶拾

金針花

是誰？用一色的豔橘黃，
剪出尖細的六瓣彎彎，
羅列著迎風搖展。
不用去摘下曬乾，
它已在豔陽下，
燃出熱的氣息，醇香飄散……

蟲鳴

唧唧，啾啾，唧唧，啾啾……
此起，彼落，此起，彼落……
熾盛連綿，殷勤地在暑天裡交奏。
匿著濃蔭，棲著綠草，
不分日，不分夜，
放肆地唱出夏的高潮。
是誰？在指揮這盛大的自然交響樂？
入夢了，它仍在你耳畔，噪得隱隱約約……

瓜熟

圓鼓鼓的灰樸透白，搖來籽水激盪。
數日的期盼，終可以剖開細嚐。
綿軟軟的翠綠晶瑩，劃開汁水直淌——
入口濃甜差點嗆，未嚼已化灘成水。
這股水，差點牽出淚，
原來熟透的境界，
是這般蜜甜，空靈如水……

（7/4/2001）

冬語

歲暮北風起，林空寒窗寂；
厚衣且閒步，零落野鴉啼。
※ ※ ※
歲末節氣重，親情相思濃；
機場穿梭緊，冰寒笑語頻。

（1/6/1999）

冬晨小語

科學家分析自然，對抗自然。
哲學家瞭解自然，順應自然。
文藝家享受自然，描繪自然。
而佛家勘破自然，超脫自然。

（2/12/1998）

＊暗窗下，晨寒中，樹下的風鈴送來串串叮噹。在乍醒的思流中，凝成
　小小數句。忍不住，讓它們躍到紙上⋯⋯

夏吟

出外──
嬌陽赤豔傲長夏
熱浪襲人盼晚霞
漫野蟲唧噪寰宇
夜涼如水透窗紗
※　※　※
居家──
綠滿窗前不見天
炎炎夏日好流連
蒔花耘草耕園樂
汗水淋漓瓜果甜

（7/15/2009）

夕陽

受到黑夜的盯梢
她慌慌遁逃
羞怯漲紅了西天
再漸隱漸消⋯⋯

（1/21/2009）

夜半雨滴

滴答　滴答　滴答　滴答
它在外頭暗黑中，滴得殷勤
敲著地面，像敲木魚
它以宇宙為道場
沒有梵唄，沒有吟誦
直敲到眾生醒轉？

（2/18/2009）

夜深微雨

久久無滋潤
殷殷盼雨深
萬物枯萎渴
何時降傾盆？
※　※　※
晚步覓藍天
烏雲浮眼前
夜來聞細響
點點入心田

（7/30/2009）

* 此寫2009年夏，亞城久旱。

展豔

無名小樹竟開花
掌大紅紫豔群葩
當初墾園幸留下
偎依茶樹亮風華

（8/27/2009）

＊塵勞碌碌，任前院蔓藤飛舞。
　今春僱來洋工，悉數揪起，並將窒死的花叢枯骸剷出。
　一陣天翻地覆，眾類皆除，獨留一細瘦小株，挨著紅茶樹，幽守空無。
　「做什麼留它？」我問，洋工笑了：
　「這株不錯！它可不是一般野樹。」
　那日，如常前去澆灌新植的豔菊與梔子樹；
　抬眼，驀然驚見它已簪著一大朵紅紫！

惜春

多少瑟縮熬到春
幾回風雨換來晴
風和日麗原不易
坎坷人生慶太平

（3/26/2009）

早春

點點嫩紅綴後窗　寒氣仍濃先抹妝
嬌小五瓣抽細蕊　疑是紅梅降塵凡

（2/22/1999）

※　※　※

前日句句詠春花　今朝皚皚覆霜華
嫩紅點點何處去　羞粉嬌娃罩白紗

（2/24/1999雪後作）

* 後來才得知此種灌木為薔薇科植物，英文名叫quince（溫梓）。「亞城
書香社」社友徐蘭惠曾於2/26/2008的聚會上，帶來多枝，捎來春意，
分送大家。

早春吟花

茶花

臘盡春回又見她，
油綠飽滿吐紅葩。
晨霜暮冷何所畏？
雍容碩豔展風華。

水仙

嫩黃丫頭又露臉，
亭亭蔥立綴院前。
三五成群遞閨語，
笑比杜鵑先展顏。

（2/22/1999）

早秋

三分涼意侵夜窗
一絲薄寒漫晨光
白日豔陽仍燦爛
綠林濃蔭漸飄黃

(9/1/1997)

春思

難忘春光在北方
桃李爭豔蜂蝶忙
雪鄉晶冷春來晚
份外旖旎份外香

* 遙想數十年前在北康州溫莎鎮，攜兒遊春，桃花羞紅嫵媚，彩蝶飛
  舞；李花密綻芬香，群蜂嗡鬧……那是淨潔空氣好時光的春。

※　※　※

詹府花園杜鵑多
文人雅士樂悠遊
嫣紅淡紫迷仙境
尋詩覓詞添風流

* 案上常擱立一圖片，為羽嚴某春遊詹園所攝，群林滴翠，鵑紅點點，
  甚為迷人。（2009年冬）

春歎

花豔無人賞
花萎無人惜
塵世奔波緊
何處春歸依？

（2000年春）

春盼

冬冷無窮盡？穿厭厚衣衫
風寒染小女，室暖帳單昂
哪管晨氣侵，閒步樂依然
枯寂聞鳥語，驚見水仙黃！
原來春不遠，杜鵑將吐艷
冬魔有盡時，何年無春天？

（3/1/2001）

春愁

——試填〈虞美人〉

迅雷驟雨何時了？
天怒知多少？
亞城昨夜又轟隆，
嬌景那堪霹靂摧折中？
花豔鳥語應猶在，
只是人心改。
問君能有幾多愁？
恰似一窗夜雨傾瀉流。

（4/8/2005）

晚春

霪雨綿綿初晴朗，重拾小徑迎春陽。
久窒終有暢遊日，濕風送爽木蘭香。

※　※　※

濃綠擁簇瀰異香，玫瑰朵朵媚道旁。
最喜連綿碧野上，澄黃金針戀豔陽。

（6/16/2004）

晚秋閒步

偶得浮生半日閒，
悠遊小徑秋林間；
葉紅葉落尋常事，
金豔繽紛又一年。

（11/10/2001）

※　※　※

猶記康州楓似火，
攜兒暢享北國秋；
童歡稚語雲煙過，
澈了凡塵如夢遊。

（11/17/2001）

晨遊

眾人皆睡我獨醒，週日清晨好漫行。
濃蔭遮天鳥語囀，朝陽透紗煙嵐輕。
涼霧襲面沁如水，香風撲鼻露晶瑩。
可嘆世人奔波緊，罕有閒暇迎幽晨。

（6/16/2006）

晨音

透早天未明
悠悠鳥語馨
無有遼西夢
隨伊處處鳴

　　　　（3/26/2009）

柳

群樹皆傲立，
獨伊鬢垂低。
盈盈傍水立，
纖纖戲漣漪。
柔柔添嫵媚，
款款送輕語。
南國春如畫，
柳韻最旖旎。

　　　　　（3/16/1998）

* 春日閒步遇柳而寫。

梔子花

多謝您來電話
就為了送我梔子花
您說不忍她萎地
想讓我帶些去

那白色迷人的香華
使我想起王楓教授的家
當初帶女兒去學畫
進出都看到秀雅的她……

那白色迷人的香華
使我想起在邁阿密的家
鋪著卵石的前院牆下
媽媽要我種下了她
她在溫暖的南風中長大
陣陣醇香，醉入春天的夢鄉……

那白色迷人的香華
使我想起娘家的媽媽
老人家，最愛她
迢迢從佛州將她攜來亞特蘭大
為了再讓我分享到
那南國獨特的芬香

我將她種在後院的楓樹下
她嬌弱得沒能長大
熬不過冬雪，挺不過風霜
空留一份春天的惆悵……

芳鄰文華曾送我一些
在一個熾熱的初夏……
這回輪到您的美意
雖路遙沒能去
我領受這芬芳的友誼。

（7/7/2005）

＊此寫文友劉曼華之美意。

苔

密稠稠
柔細細
蒼綠綠
濕漉漉地
塞在石縫間
填在小徑旁
隱在樹幹後
春夏時節
悄悄滋生著
用動人的蒼翠
欲滴的盈綠
密茸茸地補綴
陽光不來的角落
它斂藏，繁茂
它隨適，長久……

（7/1/1993）

禱

我不是基督徒
但深信應有造物主
每當晨昏閒步
看到路旁花兒成簇，各展仙姿
或豔其色，或飄其香
是誰？
做出如此生動模樣？

偶而翻閱醫學百科
會讚嘆人體器官之令人咋舌
上天應微笑
祂的絕妙佳作
竟使世人得將其分為十大系統
一一細剖，一一標上拉丁文無數
再一一解釋
它們那繁複微妙的奇特功能
運作在最奇特的工廠內

無可取代⋯⋯

當您偶有病痛
在求醫服藥之餘
是否也曾想到
垂首向它的創造者
送上深深的禱告？

（9/21/2008）

紫紅

在萬綠叢中，它，紅得令人心動。
不是純喜的大紅，炫耀的朱紅，
浮麗的橘紅，沉斂的棗紅……

它，帶著三分憂鬱的藍，
竟交疊出如許迷人的美，
亮出無限嫵媚。
使妳忍不住，細賞低迴……

在萬綠叢中，它，紅得令人心動……

（7/7/2001）

* 夏天裡某日隨外子去雷那斯廣場附近桃樹路口的Borders書店，玻璃門
　外，滿滿兩大盅盆景，低垂著點點嬌豔的紫紅，心動而寫。

花戀

春濃逛花鋪，
挑色綴家屋。
夜來思紅紫，
朝起花艷無？

（2000年春）

落葉

秋風喜歡撩撥著秋樹
躲不過風兒的糾纏
她呵呵地洒下滿地笑語

（9/10/2008）

貓

彎蹲出溫柔的弧，
在盆花旁，在小楓下，
構成藝術的畫。

這滯靜的初秋庭園，
霎時有了蠕動的生機。
好像被現實剝削得刻板枯乏的心中，
又滋生了久違的憐愛，
要傾注在牠那綿軟中⋯⋯

小尖耳弧，俏立在頭弧上，
再往下順出一大彎體弧，
或坐或臥，或弓或走，
這些大大小小的弧，
竟游移出魅力無數，
註定成了人類的寵物？

不期然，在前廊邊，在樹叢裡，在車庫間，

會驚喜於這些弧們來添趣，
使你解憂，使你忘愁，
只因牠，如是溫柔……

（9/16/1999）

* 此寫鄰居一隻大黑貓。

那一天，在海邊

太平洋藍在眼前，就在宜蘭海邊
我撿到一小塊鵝卵石，好圓好圓
回首，忽望見連著海灘的綠野邊
呵！怎麼會那麼多的紫色牽牛花兒，成百上千
密擠擠地滿鋪成片
在六月的暖風中，在六月的艷陽下
紫海起伏，一朵朵正頷首微笑
一時，教我捨不得離開……
鵝卵石陪我回到海外的家
而那片紫色的花海，仍在我心上盛開

（8/23/2008）

* 2008年6月返台參加家母九十預慶東海岸旅遊，車到七星潭海灘，下來
  揀石賞景。

雨

是潮潮紛落的音符
點出家的舒適

是聲聲液化的詩句
襲上寂寂心湖

雨是濕的，也是詩的

（3/24/2009）

雨絲

若有若無滿身拂
如煙如紗半涼濕
遙想江南應如是
輕盈溫潤長相思

（6/13/2005）

---

* 一個初夏清晨，細雨飄飄，攜傘外出，做例行散步。從未感受過如此
不「存在」的雨，微細輕柔得淋不到你，傘也不用撐，任自身浸淫於
虛無縹緲的涼紗中……

雲天

哪管車陣奔忙
我愛望向遠方
那灰雲、白雲的故鄉
它常藍湛湛
任大朵、小朵
似棉絮、似羊群
飄浮徜徉……

陽光
是流浪雲兒的希望
攬著透亮
游移悠然
再塗紅抹豔
嫁給夕陽……

（3/3/1999）

* 此寫於小女兒舞室外停車場，面對車潮洶湧之大馬路。

驚豔

——承好友鳳英餽贈盛開之粉紅牡丹

豐粉碩紅奪人目！
層層疊疊展貴姿。
生平初謁牡丹色，
天上王妃出華池。

（5/25/2000）

鳳凰花

——漫步台北民生社區小記

在綠蔭蔽天的小巷中
亮出一傘橘紅的倩影
從台南府嫁來北地
孤零零豔在群綠裡

端陽未過，已卸了一地紅絮
勤奮的台北人啊！在一帚帚掃起

且慢呵！且慢清理
讓我捎來相機
捕下這上下輝映的紅趣
這一絲驪歌聲中的燃燒
這一點邁阿密的回憶

（6/7/2009）

鳳梨

頂著昂然的鳳冠
滿裹亮豔的霞帔
上天造妳，一身的貴氣
如孔雀，如天堂鳥
眾果中，獨領風騷

遇妳，在六月的寶島
令我傾心
不是那輝煌的外表
是那無比纖細的嫩
無比水淋灕的甜呵！
甜出亞熱帶的迷戀……

（6/14/2009）

親 情 篇

2008年夏天返台，在台北新中街寓所，與親人合影。
　　由左至右：作者藍晶、侄女唯慈、高堂媽媽、侄女唯婷、恒輝大哥、恒禮大弟。

夜雨驚愁
——試填〈虞美人〉

電話網路何時了？
煩惱知多少？小妮昨夜又忙喧
身子怎堪科技交纏中
家規箴言應猶在
只是時尚改
問君能有幾多愁？
恰似一窗夜雨滴夢流

（5/18/1997）

* 此寫大女兒貞妮。

憾

八十老母興高昂，迢迢來美問噓寒。
大哥小弟闔家聚，姪子姪孫繞膝歡。
送盡冬殘消頹日，捎來春機明媚光。
親情沸騰團圓夜，喬州小女偏落單。

（1/9/2002）

* 小弟全家開車前往德州大哥家，大弟也帶媽媽由台來美，眾親人在休
  士頓熱鬧歡聚；我陷於塵忙中，未能前往。

手足情

一回相見一回傷
顏滄桑　髮添霜
唯親情流露
恒是輝煌

難忘去冬在清晨嚴寒
我隻身奔赴
您子孫繞膝的歇鄉
抖散歲月的風霜
您滿臉帶笑
歡欣迎在前廊
搓了滿鍋湯圓讓我嚐……

這次歲末小聚
又饗我佳餚盛餐
相聚苦短各奔忙

下週即將德州行
又將投入您的親情
心甜心酸……

（2/3/2006）

＊此寫大哥曾恒輝，去年冬天由德州來亞城探子。而我二月中即將帶小
　女去德州看萊斯大學。

昨夜，火車嗚咽

嗚嗚——這靜寂的異國夜藾，那來火車嘯呼？

嗚嗚——隱約伴著轔轔轆轆，像透來自故鄉的嗚呼。

呵！瑞芳、四腳亭、五堵、七堵……多少童年往事，在那些站站復甦。

月台是熟悉的——握了票，在台邊引頸企盼，就盼那遙遠而至的嗚嗚。

鐵軌是熟悉的——背了書包，提心吊膽地跨越，就防那遙遠傳來的嗚嗚。

火車是熟悉的——搭著它，穿山越野。窗外，百景覽遍。還有木片盒子的白飯、醬菜、蛋滷，涼舒舒……

嗚嗚——乘著它，可以從瑞芳到溪霧，去看父親如何辦公忙碌。

那兒有煤渣子路，到處是矮屋。

礦工們頂著頭燈，推著滑車，在黑洞口進出。

大家穿梭忙碌，為採更多黑色的寶物。

嗚嗚——父親總搭著夜車，風塵僕僕，回到瑞芳的家屠，和後來台北的家屋。

他的歸來，總教我們興奮珍視。只因留不了幾日，他又得離家，
去踩滿地的煤渣，去辦忙不完的公事。

那出寶的黑洞啊！也不時將人命吞噬！
那一年，石破天驚，又出事。
很嚴重的，家眷們呼天搶地，哭震千里。
女人們嚎嘶：「阮的頭家啊──」
孩子們悽叫：「阿爹啊……」
父親甚為悲苦，為這些刺裂的聲討淹覆。
疲累憂思，都成病疾，
病疾終使高大的父親臥床不起……

嗚嗚──火車不再載回先父，我也不再去到溪霧。
怕踩煤渣子路，會砸得心痛悲苦……
嗚嗚──這異國的火車嘯呼，流入我心中嗚咽……

(8/1/1994)

\

* 此寫一生勞瘁的父親。

昨夜，靜下來寫

親情流瀉——

給媽媽

又是玫瑰花開
今年您不來
我懈怠
任前院、後院
蔓藤如海
只是屋內，我已理不開
哪堪雜事交侵一起來？
※　※　※
大哥舉辦船遊，賀您壽如東海
屆時親人齊集，唯獨我將缺席
您知我深陷離不開，也不責怪
念我文弱，憐我塵勞
多方饋濟，教我無限感激
我除了照顧自己，讓您安心適意

所能回饋的是如此細微
卡片中有我的淚水……

給大弟

我愛你的妙語逗趣
常笑開一對大酒渦
是大家的開心果
不管你多少歲了
放心！你永遠比我年輕
不管你離我多遠
你總帶給我溫馨
※　※　※
那年我們回去
你不辭辛勞，開車載我
翻山越嶺，去尋童年的故鄉
不見故居見荒草
你知道我難過，還要我快樂
「阿姊！我們去吃芋頭冰！」
忘不了汗水淋漓
隨你登上石級

任太平洋藍在腳底……
又是中元節近
農曆七月的孩子
祝你永遠健康快樂！

（7/26/1999）

秋節鄉情

秋月圓松稍
長電敘思遙
家母殷殷問
何日要歸巢？

（10/1/2009）

* 每次打越洋電話回去，媽媽的第一句話總是問：什麼時候要回來？

紫杜鵑

一見鍾情挑上她，
淡紫婀娜嫩芳華。
伴女十八生日宴，
移幸後園嬌群葩。

（6/16/2005）

* 此寫小女艾梅十八歲的春天生日，有紫杜鵑和蛋糕。花和女兒合影
後，我將它種在後院。它年年開出紫色的花，而女兒的十八年華已瞬
逝如煙。

國家圖書館出版品預行編目

詩窗小語 / 藍晶著. -- 一版. -- 臺北市：秀
威資訊科技, 2010. 07
面； 公分. --（語言文學類；PG0393）

BOD版
ISBN 978-986-221-512-8（平裝）

851.486 99010456

 語言文學類　PG0393

詩窗小語

作　　　者／藍　晶
發　行　人／宋政坤
執 行 編 輯／蔡曉雯
圖 文 排 版／鄭佳雯
封 面 設 計／陳佩蓉
數 位 轉 譯／徐真玉　沈裕閔
圖 書 銷 售／林怡君
法 律 顧 問／毛國樑　律師
出 版 印 製／秀威資訊科技股份有限公司
　　　　　　台北市內湖區瑞光路583巷25號1樓
　　　　　　電話：02-2657-9211　傳真：02-2657-9106
　　　　　　E-mail：service@showwe.com.tw
經　銷　商／紅螞蟻圖書有限公司
　　　　　　台北市內湖區舊宗路二段121巷28、32號4樓
　　　　　　電話：02-2795-3656　傳真：02-2795-4100
　　　　　　http://www.e-redant.com

2010 年 7 月　BOD 一版
定價： 230 元